KB275231

님께 드립니다

로부터

너는 특별하단다

모든이를 위한 특별한 선물

MAX LUCADO

맥스 루케이도 지음 / 세르지오 마르티네즈 그림 / 김선주 옮김

고슴도치

너는 특별하단다

지은이 맥스 루케이도 / 그린이 세르지오 마르티네즈 / 옮긴이 김선주
펴낸곳 고슴도치 / 펴낸이 김유경
초판 5쇄 2024.02.17 / 등록번호 제10-1776호 / 등록일 1999.06.04
주소 경기도 파주시 책향기로 319, 109-305
전화 영업부 070 4063 9357, 편집부 070 4063 9358
Fax 031 601 8132

You Are Special

Text Copyright © 1993, 1997, 2002 by Max Lucado
Illustrations Copyright © 1997, 2002 by Sergio Martinez
Published by Crossway Books a publishing ministry of
Good News Publishers Wheaton. Illinois 60187. U.S.A.

This edition published by arrangement
with Good News Publishers through rMaeng2.
All rights reserved.
Korean translation copyright © 2010 by Gosmdochi

이 책의 한국어판 저작권은 알맹2 에이전시를 통하여 Crossway Books
사와 독점 계약한 고슴도치에 있습니다.
저작권법에 의해 한국 내에서 보호를 받는 저작물이므로 무단전제와
복제를 금합니다.

ISBN 978-89-89315-34-6 03840

값 9,000원

너는 단지
너라는 이유만으로 특별하단다

웨믹, 나무사람들

웸믹은 엘리라는 목수가 나무를 깎아서 만든 작은 나무 사람들입니다. 엘리의 작업장은 웸믹 마을이 한눈에 내려다보이는 언덕 위에 있었습니다.

웸믹들의 모습은 제각기 달랐습니다. 코가 큰 웸믹, 눈이 큰 웸믹, 키가 큰 웸믹, 작은 웸믹, 모자를 쓴 웸믹, 외투를 입은 웸믹 등등등.

하지만 그들은 모두 한 목수가 만들었고 웸믹 마을에 모여 살았습니다.

웸믹들은 날마다 그리고 하루 종일 똑같은 일을 했습니다. 즉 서로에게 별표와 점표를 붙이며 돌아다녔던 것입니다. 금빛 별표가 든 상자와 잿빛 점표가 든 상자를 들고서 마을 구석구석을 휘젓고 다니며 다른 웸믹들에게 별표나 점표를 붙이는 것이 그들의 일과였습니다.

나뭇결이 매끄럽고 칠이 잘된 웸믹들은 늘 금빛 별표를 받았습니다. 반면 거칠고 칠이 벗겨진 웸믹들은 항상 잿빛 점표를 받았습니다.

뛰어난 재주를 가진 웸믹들도 금빛 별표를 받았습니다. 무거운 막대기를 머리 위로 번쩍 들어올릴 수 있다든지 높은 상자를 훌쩍 뛰어넘을 줄 아는 웸믹들, 어려운 단어를 줄줄 외거나 노래를 잘 부르는 웸믹들에게는 앞다투어 별표를 붙여주었습니다.

그러다보니 온몸이 별표로 장식된 웸믹들도 있었습니다! 그들은 별표를 받을 때마다 기분이 좋아졌고 그래서 어떻게든 별표를 한 개라도 더 받으려고 노력을 했던 것입니다!

하지만 내세울 것이나 재주가 변변치 못한 웸믹들은 잿빛 점표만을 받았습니다.

펀치넬로도 그런 웸믹들 중의 하나였습니다. 그도 다른 이들처럼 높이 뛰어보려고 노력했지만 늘 걸려 넘어지곤 했습니다. 그러면 웸믹들이 기다렸다는 듯이 몰려들어 점표를 붙였습니다.

넘어져서 나뭇결에 상처가 나면 또다시 몰려와서 점표를 붙였습니다.

넘어진 이유를 변명해보려 했지만 어눌한 말투로 인해 점표를 더 받아야 했습니다.

잿빛 점표가 잔뜩 붙게 된 펀치넬로는 점점 밖에 나가는 게 싫어졌습니다. 나갔다가 혹시 모자를 떨어뜨리거나 웅덩이에 발을 헛딛기라도 하면 또 점표를 받게 될까봐 두려웠습니다. 게다가 점표가 많다는 이유만으로 점표를 붙이는 웸믹들까지 있었습니다.

“펀치넬로는 점표를 많이 받을 만해.” 웸믹들은 눈짓을 해가며 수군댔습니다. “펀치넬로는 좋은 나무 사람이 아니야.”

머지않아 펀치넬로 자신도 그들을 따라서 이렇게 말하게 되었습니다.

“난 좋은 나무 사람이 아니야.”

어쩌다 밖에 나가도 펀치넬로는 점표가 많이 붙은 이들하고만 어울렸습니다. 그들과 있는 것이 마음이 더 편했기 때문입니다.

루시아

어느 날 펀치넬로는 한 웸믹을 만났습니다. 그녀는 지금까지 만나본 어떤 웸믹들과도 달랐습니다. 그녀의 몸에는 금빛 별표든 잿빛 점표든 아무것도 붙어있지 않았고 그냥 온전히 나무로만 되어 있었습니다. 그녀의 이름은 루시아였습니다.

웸믹들이 루시아에게 표를 붙이려고 하지 않았던 것은 아닙니다. 단지 그녀의 몸에 표가 달라붙지 않았던 것입니다. 어떤 이들은 루시아를 보고 달려와 점표가 하나도 없다고 칭찬하며 별표를 붙였지만, 곧 떨어졌습니다. 반대로 어떤 이들은 별표가 하나도 없다고 비웃으며 점표를 붙였지만, 그것도 곧 떨어졌습니다.

‘나도 정말 저 나무 사람처럼 되고 싶어. 어떤 누가 주는 표도 받고 싶지 않아.’

펀치넬로는 속으로 이렇게 생각했습니다.

펀치넬로는 아무 표도 붙어 있지 않는 루시아에게 다가가서 어떻게 그럴 수 있는지 물었습니다.

“아주 쉬워! 매일 엘리 아저씨를 만나러 가면 돼.” 루시아가 대답했습니다.

“엘리 아저씨?”

"그래, 나무를 깎는 목수 엘리 아저씨 말이야. 나는 아저씨 작업장에 가서 있다가 오곤 해."

"왜?"

"왜냐고? 그건 직접 가서 알아보지 그러니? 언덕 위로 올라가 봐! 엘리 아저씨가 계신 곳 말이야." 그렇게 말하고 루시아는 가벼운 걸음새로 멀어져 갔습니다.

"그런데 그 분이 날 만나보고 싶어 하실까?" 하고 펀치넬로가 큰 소리로 물었지만, 루시아는 들을 수 없었습니다.

펀치넬로는 집으로 돌아갔습니다. 그리고 창가에 앉아 한참 동안 웸믹들이 서로에게 별표와 점표를 붙이기 위해 이리저리 몰려다니는 모습을 바라보았습니다.

"저건 옳지 않아." 펀치넬로는 이렇게 중얼거렸습니다. 그리고 엘리 아저씨를 찾아가기로 마음을 먹었습니다.

목수 엘리 아저씨

펀치넬로는 오솔길을 따라서 언덕 위로 올라가, 크고 높은 작업장 안으로 들어섰습니다. 모든 게 너무나 커서 펀치넬로의 나무 눈이 휘둥그레졌습니다. 작업용 의자가 펀치넬로의 키만 했고 발돋움을 해야 겨우 보이는 작업대 위에는 팔 길이만한 망치가 놓여 있었습니다. 펀치넬로는 침을 꿀꺽 삼켰습니다.

"아무래도 그냥 집에 돌아가야겠어."

이렇게 말하며 몸을 돌리는 순간, 펀치넬로는 자신의 이름이 불려지는 소리를 들었습니다.

“펀치넬로니?”

그것은 깊고 힘있는 목소리였습니다.

펀치넬로는 멈춰섰습니다.

“펀치넬로야, 만나서 정말 반갑구나. 네 모습을 한번 보
여주지 않겠니?”

펀치넬로는 천천히 돌아서서 수염이 덥수룩하고 몸집
이 큰 목수를 바라보았습니다.

“저, 저를 아세요?” 펀치넬로가 더듬거리며 물었습니
다.

“물론이지. 내가 널 만들었는걸.”

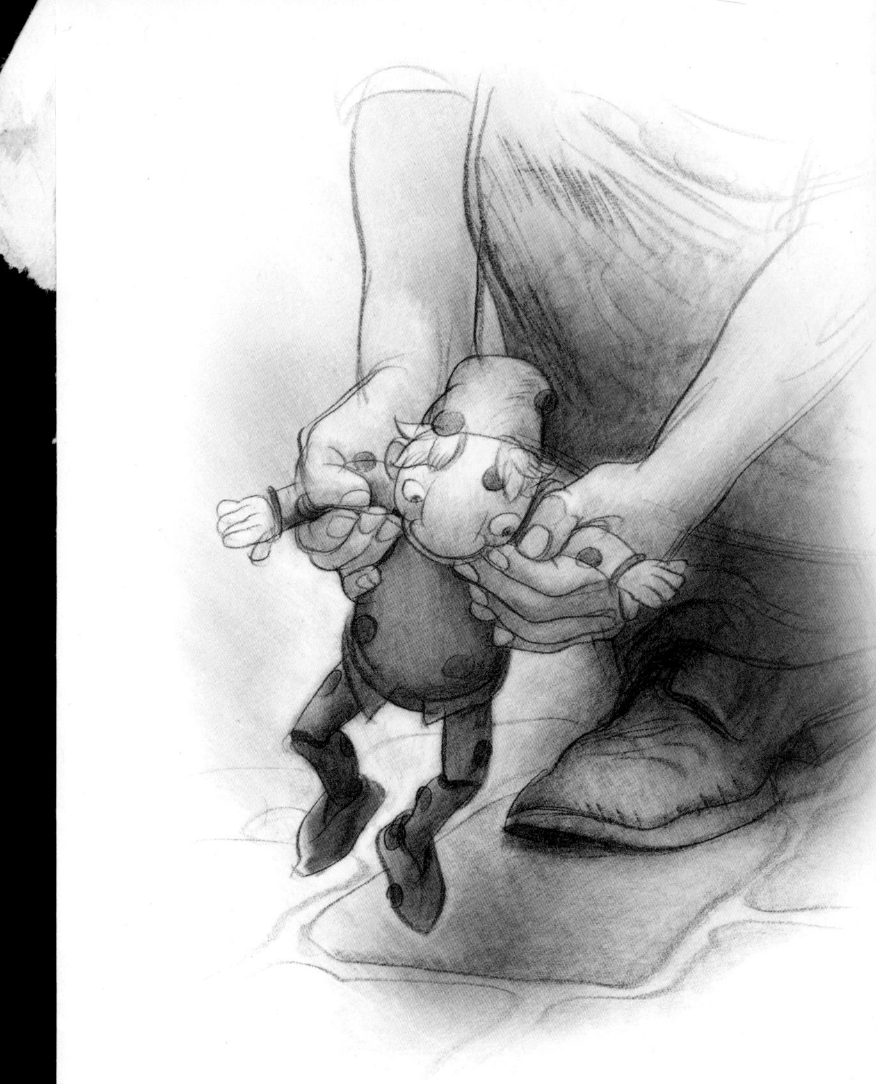

엘리는 몸을 숙여 펀치넬로를 들어올린 다음, 작업대 위에 앉혔습니다. 그러고는 펀치넬로의 몸에 덕지덕지 붙어있는 점표들을 가만히 바라보며 말했습니다.

"흠,… 나쁜 표를 많이 받았구나."

"저도 이런 표들을 받고 싶진 않았어요, 엘리 아저씨. 전 정말 열심히 노력했어요."

"애야, 나에게 변명할 필요는 없단다. 나는 다른 웸믹들
이 어떻게 생각하는지 상관하지 않는단다."

"정말이요?"

"물론이지, 너도 그럴 필요가 없단다. 누가 네게 별표나
점표를 붙이지? 너와 똑같은 웸믹, 나무 사람들이야. 펀치
넬로, 남들이 어떻게 생각하느냐가 아니라 내가 어떻게 생
각하느냐가 중요하단다. 그리고 나는 네가 아주 특별하다
고 생각해."

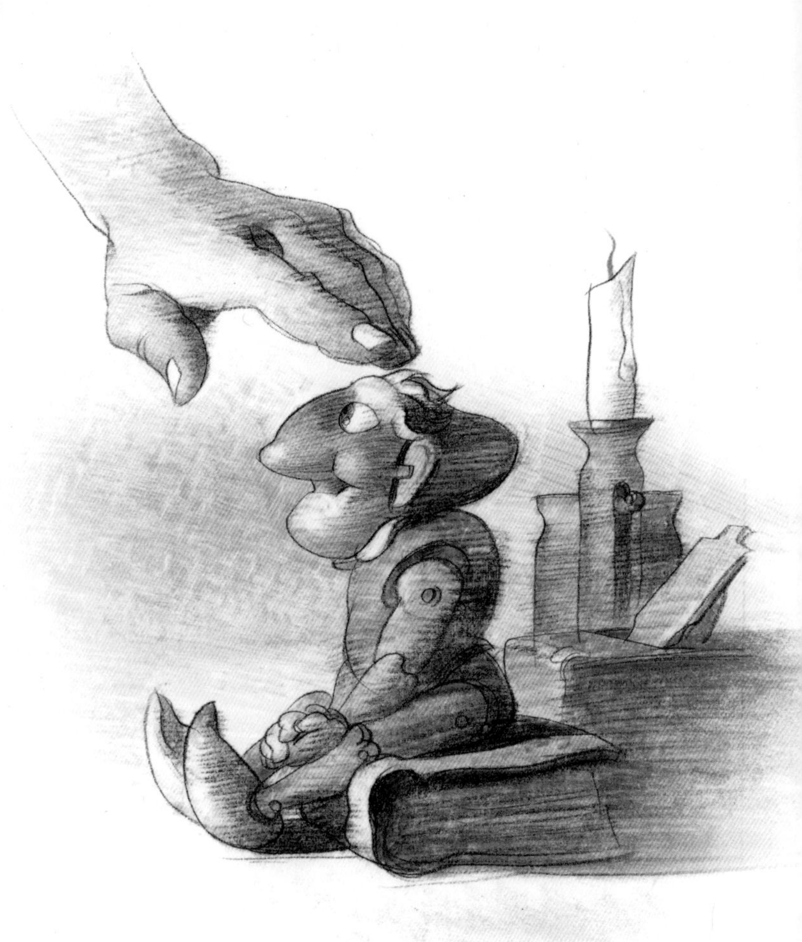

펀치넬로는 피식 웃었습니다.

"제가요? 특별하다고요? 뭐가요? 저는 빨리 걷지도 못하고, 높이 뛰지도 못해요. 제 몸은 여기저기 칠이 벗겨져 있고요. 이런 제가 아저씨에게 왜 특별하죠?"

엘리는 펀치넬로를 내려다보더니 그의 커다란 손을 펀치넬로의 작은 어깨에 얹고 천천히 말했습니다.

"왜냐하면 내가 너를 만들었기 때문이지. 너는 나에게 너무나 소중하단다."

지금껏 그 누구도 엘리 아저씨와 같은 표정으로, 즉 자신을 만들어준 이 목수와 같은 표정으로 펀치넬로를 바라본 적은 없었습니다. 펀치넬로는 무슨 말을 해야 할지 몰랐습니다.

"매일 네가 오기를 기다리고 있었단다." 엘리가 말했습니다.

"몸에 표가 하나도 붙지 않은 웸믹 때문에 오게 되었어요." 펀치넬로가 말했습니다.

"알고 있단다. 루시아가 너에 대해 말해 주었거든."

"어째서 루시아의 몸에는 표가 붙지 않나요?"

만든이가 온화한 목소리로 대답했습니다.

"루시아는 다른 이들이 어떻게 생각하느냐보다 내가 어떻게 생각하느냐가 더 중요하다고 마음먹었기 때문이야. 그 표는 네가 붙어 있게 하기 때문에 붙는 거란다."

"뭐라고요?"

"그 표는 네가 그것을 중요하게 생각할 때만 붙어 있는 거야. 네가 나의 사랑을 깊게 신뢰하면 할수록 너는 그 표들에 신경을 쓰지 않게 될 거란다."

"무슨 말씀인지 잘 모르겠어요."

엘리가 미소를 지었습니다.

"차차 알게 되겠지. 시간이 좀 걸릴 거야. 네 몸에는 표가 많이 붙어 있구나. 이제부터 날마다 나를 찾아오렴. 그러면 내가 너를 얼마나 소중하게 여기는지 알게 될 테니까."

엘리는 펀치넬로를 들어올려 다시 바닥에 내려 주었습니다.

"기억하렴." 작은 나무 사람이 문밖으로 나갈 때 엘리가 말했습니다. "내가 너를 만들었고, 너는 아주 특별하단다. 나는 결코 좋지 못한 나무 사람을 만든 적이 없어."

펀치넬로는 종종 걸음으로 언덕을 내려오면서 마음속으로 이렇게 생각했습니다.

'그 분의 말이 맞을지도 몰라.'

바로 그 순간, 펀치넬로의 몸에서 점표 하나가 땅으로 떨어졌습니다.